First Spanish language edition published in the United States in 2000 by Ediciones Norte-Sur,
an imprint of Nord-Süd Verlag AG, Gossau Zürich, Switzerland.
Spanish edition supervised by SUR Editorial Group Inc.

Library of Congress Cataloging-in-Publication Data is available.

ISBN 0-7358-1311-6 (Spanish paperback) 10 9 8 7 6 5 4 3 2 1
ISBN 0-7358-1310-8 (Spanish hardcover) 10 9 8 7 6 5 4 3 2 1
Printed in Belgium

Si desea más información sobre este libro o sobre otras
publicaciones de Ediciones Norte-Sur, visite nuestra página
en el World Wide Web: www.northsouth.com

Dany,

Brigitte Weninger
Ilustrado por Eve Tharlet

¿quieres cuidar a tu hermanita?

Traducido por Pilar Acevedo

UN LIBRO MICHAEL NEUGEBAUER
EDICIONES NORTE-SUR / NEW YORK / LONDON

—¡Niños, vengan que tengo buenas noticias! —llamó
Mamá Coneja—. Voy a tener un bebé.

—¡Qué bien! —dijo Dino.

—¿Un qué...? —preguntó Dodi que llegaba corriendo.

—Un bebé, un bebé nuevo —contestó Dori.

—Pensé que yo era tu bebé —murmuró Dany.

—¿Qué les gustaría más, un hermanito o una hermanita? —preguntó Papá Conejo mientras prendía la vela.

—Cualquiera de los dos —dijo Dino.

—Yo prefiero un hermanito —dijo Dodi.

—No, mejor una hermanita —dijo Dori.

Dany no dijo ni una palabra.

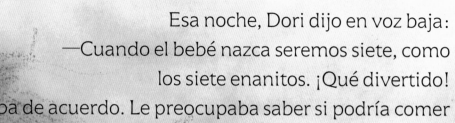

Esa noche, Dori dijo en voz baja:
—Cuando el bebé nazca seremos siete, como
los siete enanitos. ¡Qué divertido!
Dany no estaba de acuerdo. Le preocupaba saber si podría comer
doble ración de moras ahora que habría siete bocas para alimentar.
Eddie, su mejor amigo, tenía un nuevo hermanito. Dany decidió
preguntarle mañana mismo cómo era tener un hermanito.

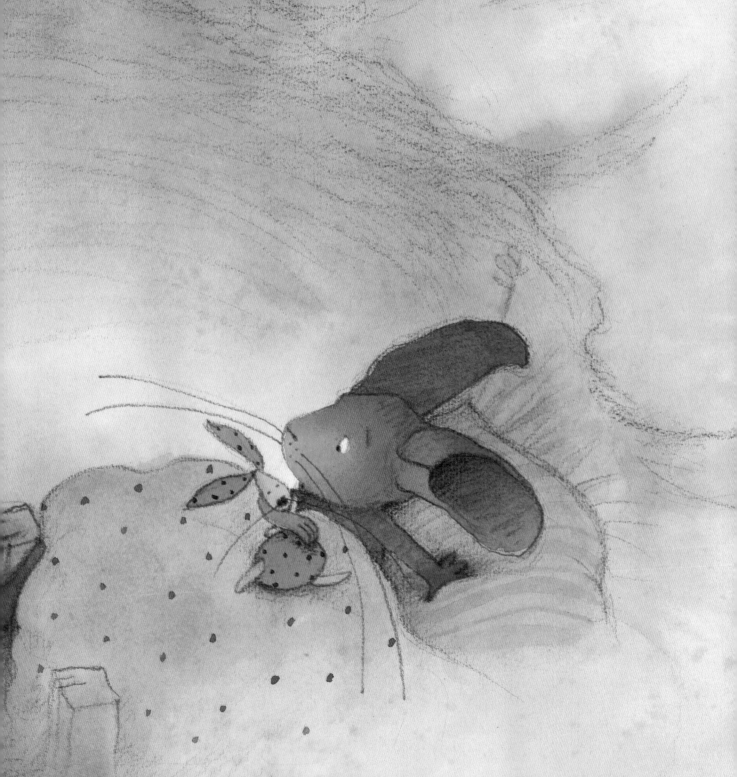

Al día siguiente, Dany se encontró con Eddie en la pradera.

—¿Sabes una cosa? —dijo Dany—. Vamos a tener un hermanito.

—Pobre de ti —dijo Eddie.

—¿Por qué? —preguntó Dany.

Eddie se quedó pensativo.

—Mi hermanito es muy pequeño y débil —contestó al rato—.
Llora cuando queremos dormir. Come muchísimo y, como si eso
fuera poco, mantiene a mamá ocupada todo el tiempo.

—Caramba —suspiró Dany—. ¿Será mejor una hermanita?
       —¿Acaso puedes elegir? —preguntó Eddie.

—Creo que sí —dijo Dany—. Mi papá nos preguntó qué
preferíamos.

—Bueno, si puedes elegir, ¿por qué no le pides a tu mamá
algo completamente diferente?

—¡Qué buena idea! —dijo Dany—. ¡Gracias!

Dany corrió hasta donde estaba su mamá y le dijo:

—Papá preguntó si queríamos un hermanito o una hermanita. Pero yo no quiero ninguno de los dos. Yo quiero un ratoncito, mamá. Por favor.

—Tu papá estaba bromeando —dijo Mamá Coneja sonriendo—. Es imposible elegir. El bebé ya está creciendo aquí adentro.

La mamá colocó la mano de Dany sobre su gran barriga.

—Nacerá dentro de poco —continuó—. Sólo entonces sabremos si es niño o niña. Trata de quererlo, sea lo que sea.

—Sí —dijo Dany en voz baja, no muy convencido.

A los pocos días, cuando los conejitos regresaron a la madriguera, Mamá Coneja los llamó y les dijo:

—¡Vengan a conocer a su nueva hermanita!

—¡Es hermosa! —dijo Dori emocionada.

—¡Qué linda! —dijeron Dino y Dodi.

—¿Está bien? —preguntó Dany—. Se ve tan blanda. Ni siquiera puede abrir los ojos y no tiene pelo.

—Todos los conejitos nacen así —dijo Mamá Coneja riéndose—. Tú eras exactamente igual.

Mamá Coneja arropó a la bebita en la manta azul de Dany y se la dio a Papá Conejo.

—Llévala al otro cuarto que quiero dormir. Estoy muy cansada —dijo Mamá.

Apenas salieron del cuarto,
la bebita comenzó a llorar.

—No llores, no llores —dijo
Papá Conejo suavemente,
mientras la arrullaba en
sus brazos.
Pero la bebita no
dejaba de llorar.

—Ya, ya —susurró Dino,
dándole suaves palmaditas.
Pero la bebita no dejaba de llorar.

—Nana, nanita nana —cantaba Dodi,
mientras la mecía.

Pero la bebita seguía llorando.

—Duérmete mi niña, duérmete
mi sol . . . —decía Dori, caminando
de un lado a otro. Pero la bebita
no se dormía.

—Ahora te toca a *ti* —dijo Dori a Dany.

—No, no, no quiero —protestó Dany.

Pero apenas se acomodó en sus brazos,
la bebita se quedó dormida.

—Muy bien, Dany —dijo Papá Conejo. Luego hizo una
señal de silencio y todos salieron en puntillas.

Dany se quedó muy quieto con su hermanita en brazos.
Miraba cómo le temblaban los bigotitos. Sus orejas suaves,
como de terciopelo, eran casi transparentes. Olía a leche
tibia y frutos silvestres. Hasta podía sentir el latido de su
corazón. Dany no dejaba de mirarla. Era tan pequeña.
"Necesita que la cuide alguien grande y fuerte como yo"
pensó Dany.

Dany escuchó que su mamá quería ver a la bebita.

—Aquí está —dijo Dany, llevando a su hermanita hasta la cama—. Si vuelve a llorar, sólo tienes que llamarme.

—Gracias, Dany —dijo Mamá Coneja—. Eres una gran ayuda.

Dany fue a correr por el prado. Bailaba, cantaba y no paraba de reír.

—¿Qué te pasa? —preguntó Eddie.

—¡Tengo una hermanita nueva!

—¡Oh, no! —dijo Eddie—. ¿Llora mucho?

—¡No cuando yo la tengo en brazos!

—Me estás tomando el pelo —dijo Eddie—. ¿Qué sabes tú de bebés?

—Mucho más de lo que tú crees —dijo Dany. Y los dos amigos rodaron por la hierba, riéndose y jugando hasta cansarse.

Luego, se recostaron a descansar. Y mirando las nubes,
Dany le dijo a Eddie:

—¿Tú crees que nuestros hijos serán tan grandes, fuertes
e inteligentes como nosotros?

—Quizás, pero falta mucho tiempo para eso.

—Podríamos cuidar a los más pequeños —dijo Dany—,
y enseñarles todo lo que sabemos.

—¿Por ejemplo? —preguntó Eddie.

—Entrar a la despensa sin que nadie te vea, o qué carita
poner para que mamá no te regañe si se da cuenta que te
comiste todas las moras. También les enseñaremos a
hacer barcas de madera y silbar con las hojas de hierba . . .

—Y juegos muy divertidos —dijo Eddie.

—¡Como jugar al corre que te pillo! —dijo Dany saltando—.
¡A que no me alcanzas!

—¡Claro que sí! —dijo Eddie, persiguiéndolo por la pradera.